Max viaja a la Estación Espacial

Una aventura de ciencias con el perro Max

Jeffrey Bennett

Ilustrado por
Michael Carroll

Editor: Joan Marsh
Diseño y producción: Mark Stuart Ong, Side By Side Studios
Traducción al español: Luis y Miriam Shein

Publicado en los Estados Unidos por
Big Kid Science
680 Iris Avenue
Boulder, Colorado 80304
www.BigKidScience.com

ISBN-13: 978-1-937548-32-2

También disponible en inglés

Créditos
P. 12 Big Kid Box: Diagrama de *The Cosmic Perspective* (Pearson Education), adaptado de un diagrama similar en *Space Station Science* por Marianne Dyson.

Otras obras de Jeffrey Bennett

Para niños:
- *Max Goes to the Moon*
- *Max viaja a la Luna*
- *Max Goes to Mars*
- *Max Goes to Jupiter*
- *The Wizard Who Saved the World*
- *El mago que salvó al mundo*

Para adultos:
- *On the Cosmic Horizon*
- *Beyond UFOs*
- *Math for Life*
- *What is Relativity?* (2014)

Libros de texto:
- *The Cosmic Perspective* series
- *Life in the Universe*
- *Using and Understanding Mathematics*
- *Statistical Reasoning for Everyday Life*

Agradecimiento especial:

Al astronauta Alvin Drew, quien trabajó estrechamente con el autor y el artista durante el desarrollo de este libro, ofreciendo numerosas sugerencias que se integraron al cuento y verificando cuidadosamente que el texto y las ilustraciones correspondan con la Estación Espacial Internacional verdadera.

A Patricia Tribe, quien también trabajó con el autor y el artista y creó, junto con el astronauta Alvin Drew, el programa *La hora del cuento desde el espacio* en el cual este libro será leído desde la órbita de la real Estación Espacial Internacional.

Al Centro para el Avance de la Ciencia en el Espacio (en inglés, the Center for the Advancement of Science in Space, CASIS) por su apoyo logístico para el programa *La hora del cuento desde el espacio.*

Expertos que revisaron este libro

Tyson Brown, National Science Teachers Association
Debbie Brown-Biggs, asesor educativo
B. Alvin Drew, astronauta
Andrew Fraknoi, Foothill College
Jeff Goldstein, National Center for Earth and Space Science Education
Justin Kugler, CASIS
Susan Lederer, NASA Johnson Space Center
Mark Levy, asesor educativo
Diane Matthews, CASIS
Cherilynn Morrow, Aspen Global Change Institute
Patricia Tribe, T² Science and Math Educational Consultants
Mary Urquhart, UT Dallas
Helen Zentner, asesor educativo

En memoria de Alan Okamoto (1957–2012)

Alan Okamoto ilustró los primeros dos libros de la serie Las aventuras de ciencia del perro Max (*Max Goes to the Moon / Max viaja a la Luna*, *Max Goes to Mars*). Alan era extraordinariamente talentoso y una de las personas más generosas que uno podría conocer. Esperamos que su legado seguirá conmoviendo a los corazones de los niños alrededor del mundo de la misma manera que conmovió los corazones de aquellos que lo conocieron. Para honrar la memoria de Alan, su imagen aparece como uno de los astronautas en las páginas 16 y 26.

Hemos escondido algunos objetos en los dibujos de este libro. ¡Búscalos!
Para obtener pistas y averiguar otros "secretos", visita www.BigKidScience.com/ISS.

A los niños de todo el mundo—

La Estación Espacial Internacional es un lugar real que gira en su órbita alrededor de nuestro planeta y que fue construida y es operada por miles de personas de todo el mundo. Espero que este cuento no sólo les enseñe más acerca del espacio y de la Estación Espacial Internacional, sino que, de manera más importante, les inspire a unirse al esfuerzo de construir un futuro mejor para todos nosotros.

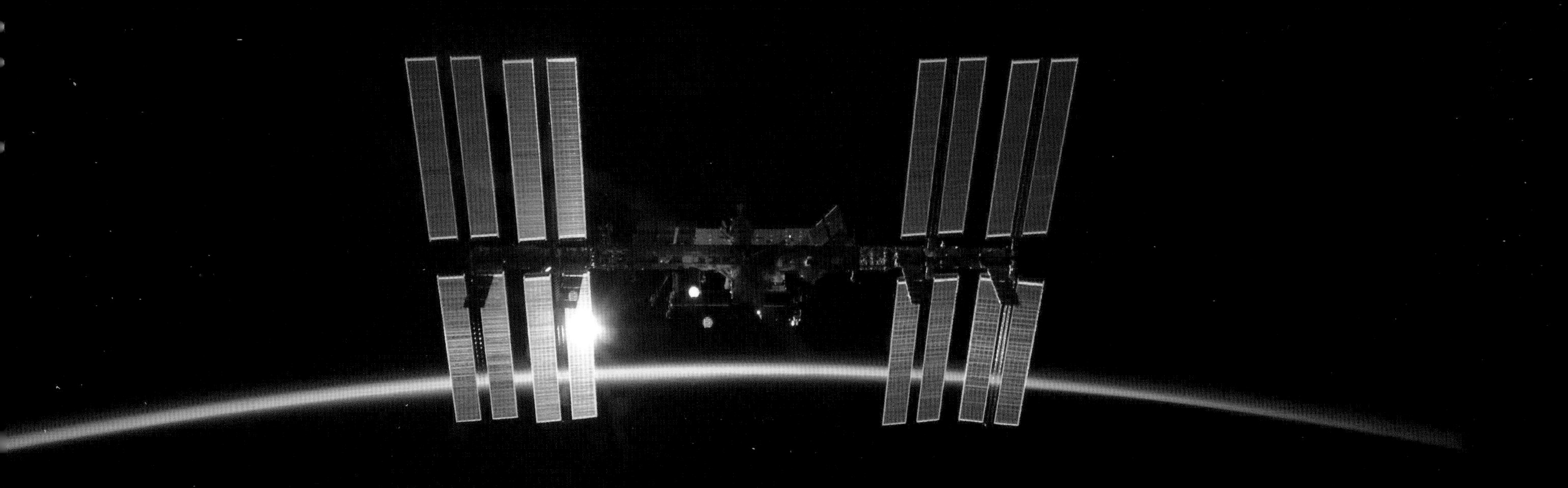

El astronauta Alvin Drew trabajando fuera de la Estación Espacial Internacional.

Nota del autor

Estamos viviendo en lo que quizá es el momento más decisivo de la historia de la humanidad. Nuestra ciencia y nuestra tecnología nos han dado maravilloso poder que nuestros ancestros difícilmente podrían haberse imaginado. Sin embargo, nuestros avances se han usado, con demasiada frecuencia, también para fines destructivos. Por lo tanto, nuestro futuro depende de la esperanza de que sepamos usar este poder de manera sabia y dirigir nuestro futuro únicamente por el buen camino.

Escribo libros sobre la exploración del espacio porque creo que tendremos una mejor oportunidad de tener éxito en construir un futuro mejor si sabemos más cómo podría ser este futuro. En los libros anteriores de esta serie, intenté describir lo que podríamos hacer en un futuro no muy distante, enviando a Max en viajes imaginarios a la Luna, a Marte y a Júpiter. Pero ya existe un lugar en el espacio donde los humanos están viviendo y trabajando el día de hoy y este es la Estación Espacial Internacional. Construida con los esfuerzos cooperativos de personas que representan prácticamente toda nacionalidad, raza y religión, la Estación Espacial Internacional es un brillante ejemplo de lo que los humanos somos capaces de hacer cuando trabajamos juntos para un bien común.

Los eventos de este libro anteceden a los del primer libro que escribí para la serie, *Max viaja a la Luna*, que empieza con un desfile que celebra el viaje de Max a la Estación Espacial. Este libro te explicará cómo es que se llevó a cabo este desfile, pero sus propósitos verdaderos son de educarte acerca de las ciencias y de la Estación Espacial Internacional, mostrarte la increíble perspectiva que podemos tener si observamos a la Tierra desde el espacio, e inspirarte a realizar tus propias contribuciones para el futuro de la humanidad. Después de todo, si todos podemos enfocarnos a usar nuestro poder sabiamente, es sólo una cuestión de tiempo hasta que nuestros hijos viajen extensamente entre los planetas de nuestro sistema solar y que nuestros descendientes naveguen hacia las estrellas.

¡Alcanza las estrellas!

Jeffrey Bennett

Ésta es la historia de cómo empezaron las aventuras de Max en el espacio con un vuelo a la Estación Espacial Internacional.

Max y Newton

Al verdadero Max realmente le gustaba jugar con los carruseles, demostrando al hacerlo que los perros tienen la habilidad de entender la forma en que el movimiento funciona. Max aprendió por experiencia que sólo podía hacer girar al carrusel si lo empujaba hacia abajo y hacia adelante al mismo tiempo mientras corría y que no giraba si sólo lo empujaba hacia abajo.

Nosotros, los humanos, también aprendemos por experiencia pero podemos hacer mucho más. Podemos usar nuestras experiencias a fin de descubrir leyes de la naturaleza que nos permiten entender cómo funcionan las cosas y cómo predecir eventos futuros.

Entre las más importantes leyes de la naturaleza se cuentan las leyes del movimiento y la ley de gravedad, publicadas por Sir Isaac Newton en 1687. Estas leyes pueden ser aplicadas no sólo a los carruseles, sino a cualquier tipo de movimiento. De hecho, los científicos y los ingenieros usan estas leyes para saber de manera exacta cómo podemos poner una nave espacial en órbita (o aún más lejos) y cómo predecir de manera precisa donde estará la nave mañana, dentro de una semana o el año próximo.

***

En caso de que tengas curiosidad: El verdadero Max nunca se lanzó por un tobogán (y nunca fue al espacio), pero una vez lo invitaron al show de David Letterman para que enseñara su truco del carrusel. Desafortunadamente, el personal del show no logró poner un carrusel en el escenario, así que la presentación de Max tuvo que cancelarse. Sin embargo, puedes ver un video de Max y el carrusel en www.BigKidScience.com/maxvideo.

Tori y su familia acababan de llegar al parque con Max. Tori y su hermano se adelantaron corriendo. Max difícilmente podía contener su emoción, pero esperó obedientemente hasta que el papá de Tori le diera su autorización. Max corrió al carrusel donde empezó a darle vueltas empujándolo con sus patas.

El carrusel empezó a girar rápidamente. Tori y su hermano se sujetaron con fuerza. Max se subía y se bajaba, a veces sentándose sobre el carrusel y a veces empujándolo aún más rápidamente.

Cuando el carrusel finalmente se detuvo, una mujer se acercó a Tori. —Tu perro es increíble —dijo la mujer. —¿También puede lanzarse por el tobogán?

—No lo sé —respondió Tori. —Podría ser, si lo ayudamos a subir por la escalera.

La mujer ayudó a Tori y a su papá y, efectivamente, Max se lanzó por el tobogán.

La mujer se dirigió al papá de Tori. —Por favor, llámeme —dijo y le entregó una tarjeta de presentación con una foto de la Estación Espacial Internacional. —Tengo una idea para su perro.

La Estación Espacial Internacional

La Estación Espacial Internacional es la más grande y más compleja estructura que se ha construido en el espacio. Si se incluyen sus paneles solares, su área es mayor que la de un campo de fútbol. Si estuviera en el suelo, pesaría 450 toneladas.

La Estación Espacial Internacional gira alrededor de la Tierra en una órbita que varía entre los 330 y 410 kilómetros (205 a 255 millas) sobre la superficie de la Tierra. Gira alrededor de nuestro planeta a una velocidad promedio de 28,000 kilómetros por hora (17,000 millas por hora), lo que significa que le da la vuelta al mundo aproximadamente cada 90 minutos.

La Estación Espacial Internacional es un proyecto de colaboración entre las agencias espaciales de los Estados Unidos, Rusia, Canadá, Japón y la Unión Europea. Científicos e ingenieros de prácticamente todos los países del mundo han contribuido, de una forma u otra, a su construcción y operación. El primer módulo fue lanzado en 1998 y el último módulo mayor construido en los Estados Unidos se instaló en 2011. Para enviar a la Estación al espacio y ensamblarla ahí, hubo necesidad de lanzar más de 100 cohetes, incluyendo 37 misiones del Trasbordador Espacial. (La mayoría de los otros lanzamientos fueron de cohetes rusos).

Hoy en día, se usa la Estación Espacial Internacional principalmente para realizar investigaciones científicas, pero también tiene otros fines, como son la educación, la cooperación internacional y el desarrollo de industrias relacionadas con el espacio.

Más tarde ese mismo día, Max estaba en el jardín jugando con un gran palo. Tori estaba dentro de la casa haciendo su tarea. Su papá estaba hablando por teléfono con la mujer que les había dado la tarjeta de presentación.

—¿Es verdad? ¿Habla usted en serio? —preguntó su papá. Tori no podía oír lo que decía la mujer al otro lado de línea.

—Muy bien, pues. ¿Cuándo es el despegue?

Tori saltó poniéndose de pie. —¡¿Qué dijiste?! —exclamó.

Primeros en el espacio

¿Te has preguntado quién fue el primero que viajó al espacio en un cohete? De hecho, varios animales viajaron al espacio antes que los humanos. Como se menciona en este cuento, una perra llamada Laika fue la primera, lanzada en órbita el 3 de noviembre de 1957. Los otros animales que la siguieron fueron otros perros, monos, ratones y un chimpancé llamado Ham.

La primera persona lanzada al espacio fue el "cosmonauta" ruso Yuri Gagarin que giró en órbita alrededor de la Tierra el 12 de abril de 1961. El primer americano en el espacio fue Alan Shepard que hizo un vuelo sub-orbital el 5 de mayo de 1961. El primer americano que completó una órbita alrededor de la Tierra fue John Glenn el 20 de febrero de 1962. El primer paseo espacial (es decir, salida de la nave usando un traje espacial) fue el cosmonauta ruso Alexei Leonov el 18 de marzo de 1965.

La primera mujer en el espacio fue la cosmonauta Valentina Tereshkova, que realizó su viaje el 16 de junio de 1964. El primer astronauta hispano y el primero de descendencia africana fue el cubano Arnaldo Tamayo Méndez (el 18 de septiembre de 1980). La primera mujer americana fue Sally Ride que viajó en el Trasbordador Espacial el 18 de junio de 1983. El primer afro-americano en el espacio fue Guy Bluford (el 30 de agosto de 1983) y la primera mujer afro-americana fue Mae Jemison (el 12 de septiembre de 1992).

Han habido muchos otros "primeros" en el espacio, pero puede ser que todavía falta el mejor: ¿Cuándo vas a hacer *tú* tu primer viaje al espacio?

Su papá le explicó. —La mujer que conocimos hoy representa a un cliente muy rico que ama a los perros. El cliente quiere mandar a un perro a la Estación Espacial Internacional en honor a Laika, la perra rusa que fue el primer ser vivo en ir al espacio. Ella cree que Max es la elección perfecta para este viaje.

—¡Oh! Yo no estoy muy segura de esto —dijo Tori.

Afuera, Max estaba casi volando tratando de atrapar un Frisbee que el hermano de Tori le había tirado. Su padre sonrió. —Creo que le va ir muy bien cuando no sienta la gravedad —le aseguró a Tori.

Cuando Max salta, ¿deja de sentir su peso?

El papá de Tori no estaba bromeando cuando dijo que a Max "le va a ir muy bien cuando no sienta la gravedad". La mayoría de la gente no se da cuenta, pero dejas de sentir, temporalmente, la gravedad cada vez que das un salto.

Puedes entenderlo mejor, si imaginas que estás sobre una báscula al borde de un trampolín de clavados. La báscula marca tu peso porque la gravedad te hace empujar contra ella, mientras que el trampolín mantiene a la báscula en su lugar. Ahora, supón que alguien empuja a la vez a ti y a la báscula. Tanto tú como la báscula caen hacia el agua juntos. Debido a que tanto tú como la báscula están cayendo —están en caída libre— tú ya no empujas a la báscula y ésta, como resultado, marcaría cero. En otras palabras, no sientes la gravedad durante la caída y, por lo tanto, has "perdido tu peso".

De manera más general, estás en caída libre cada vez que no hay piso o algo similar contra el cual puedes empujar, aun cuando estés subiendo en vez de bajando (como cuando saltas hacia arriba de un trampolín). De hecho, la única diferencia entre la falta de gravedad que sientes cuando saltas y la sensación de falta de gravedad, que se llama "ingravidez", que sienten los astronautas en la Estación Espacial es que esta última dura mucho más tiempo. Regresaremos a este tema en la página 14.

Max iba a viajar al espacio como turista. Sin embargo, necesitaba algo de entrenamiento.

Tori viajó con él a Houston, donde los astronautas reciben su entrenamiento en el Centro Espacial Johnson. Era una cosa seria para los humanos, que querían averiguar si Max podría soportar las fuerzas del despegue y la sensación de falta de peso cuando estuviera en órbita.

Max, en cambio, pensaba que todo esto era muy divertido. Nadó en el tanque de agua donde se entrenan los astronautas y usó varias máquinas que simulaban las diferentes condiciones de un viaje espacial. También hizo muchas amistades, incluyendo la del Comandante Grant, que dirigía todos los entrenamientos.

El entrenamiento de los astronautas

Para Max el entrenamiento fue sólo juegos y diversión, pero para los astronautas es en realidad un trabajo muy intenso.

Los astronautas usan mucho equipo para entrenarse. Algunas máquinas les permiten experimentar fuerzas como las que sentirán durante el despegue. Usan equipo de realidad virtual a fin de practicar las tareas que harán en el espacio. Tienen aviones que pueden volar de tal manera que los astronautas sientan, durante algunos minutos, la ingravidez durante el vuelo. Para entrenarse a hacer los paseos espaciales, los astronautas usan trajes espaciales en el Laboratorio de Flotación Neutral, la piscina techada más grande del mundo. Es lo suficientemente grande para contener modelos a escala natural de partes de la Estación Espacial y así los astronautas pueden flotar bajo el agua y simular la sensación que van a sentir cuando trabajen mientras flotan en el espacio.

¿Te gustaría intentar algunas de las rutinas del entrenamiento de los astronautas? Lo puedes hacer si participas en el Campamento del Espacio (Space Camp) en el US Space and Rocket Center en Huntsville, Alabama o en varios de los Campamentos del Espacio alrededor del mundo, incluyendo los Campamentos del Espacio en Canadá, en Turquía y en Bélgica.

El astronauta Alvin Drew se sumerge en el Laboratorio de Flotación Neutral.

Por fin llegó el día del lanzamiento. Los medios de comunicación habían hecho un gran reportaje sobre el perro que viajaría al espacio. Así fue que una gran multitud vino a presenciar el lanzamiento. Por supuesto que Tori y su familia también asistieron.

Para mantener a Max tranquilo durante el lanzamiento, la NASA mandó al Comandante Grant para que lo acompañara. La excitación creció cuando el locutor empezó a contar hacia atrás: —5... 4... 3... 2... 1... ¡Despegue! Tenemos el despegue del perro Max, ¡el primer perro en visitar la Estación Espacial Internacional!

Turismo en el espacio

¿Te gustaría tomarte unas vacaciones en el espacio? Puede ser que pronto esto sea posible, aun cuando no seas astronauta.

De hecho, ciertas personas ya han ido al espacio como "turistas espaciales", aunque el precio del billete (¡más de $20 millones de dólares!) está fuera del alcance para la mayoría de las personas. Afortunadamente, muchas empresas privadas están haciendo lo posible para reducir el precio, en ocasiones en sociedad con la NASA o con otros gobiernos. La historia sugiere que van a tener éxito. Después de todo, los primeros viajes intercontinentales en su época eran carísimos, cuando hoy decenas de miles de personas vuelan a través de los océanos diariamente.

Si lo mismo sucede con los costos de los vuelos espaciales, entonces para cuando tú tengas tus propios hijos, quizá puedas tomarte unas vacaciones familiares al espacio o aun tomarte tus vacaciones de primavera en la Luna. A lo mejor hasta ¡puedas traer a tu perro contigo!

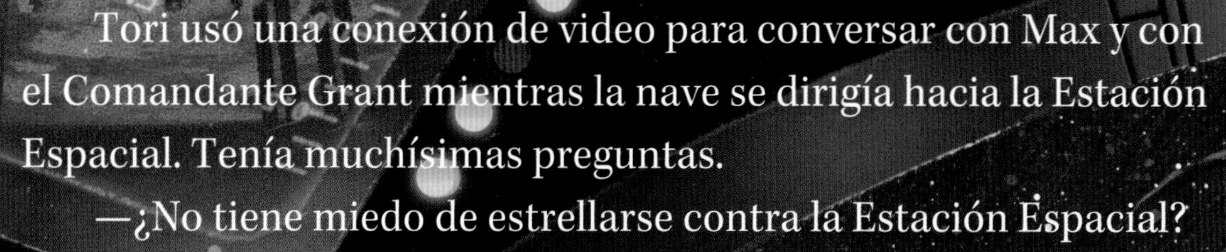

Tori usó una conexión de video para conversar con Max y con el Comandante Grant mientras la nave se dirigía hacia la Estación Espacial. Tenía muchísimas preguntas.

—¿No tiene miedo de estrellarse contra la Estación Espacial? —le preguntó al Comandante Grant. —Oí decir que están viajando tan rápido ¡que le pueden dar la vuelta al mundo cada 90 minutos!

—Es cierto —contestó él—, pero no tenemos que preocuparnos de un choque a alta velocidad. Nuestra velocidad es casi la misma que la velocidad de la Estación Espacial, así que a nosotros nos parece que nos estamos acercando a ella muy lentamente, a pesar de que tanto nosotros como la Estación Espacial estamos girando muy rápidamente en nuestras órbitas.

¿Por qué tan rápido?

Para entender por qué la Estación Espacial viaja tan rápido en su órbita, imagínate que estás en una torre muy alta (como la que aparece en el diagrama de abajo).

Si simplemente dieras un paso hacia adelante, la gravedad te haría caer directamente hacia abajo. Si corrieras antes de saltar, al caer te moverías también hacia adelante, cayendo más alejado de la base de la torre. Mientras más rápido corras, más te alejarías de la base antes de llegar al suelo.

Ahora, imagínate que un cohete te dispare de la torre tan rápido que te movieras paralelo al piso a la misma velocidad a la que la gravedad te hace caer. Para cuando hayas caído el largo de la torre, te hubieras movido alrededor del mundo tan lejos que, de hecho, ya no estarías cayendo hacia abajo. En otras palabras, entrarías en órbita, porque tu velocidad hacia adelante te mantendría siempre sobre el suelo, aun cuando la gravedad te siga jalando hacia abajo.

La velocidad necesaria para entrar en órbita es como de 28,000 kilómetros por hora a la altura de la Estación Espacial. Por esta razón, la Estación Espacial —y toda nave que quiera atracar en ella— debe girar alrededor de la Tierra a esta velocidad. La velocidad necesaria para entrar en órbita se va reduciendo gradualmente a la medida que la altura aumenta.

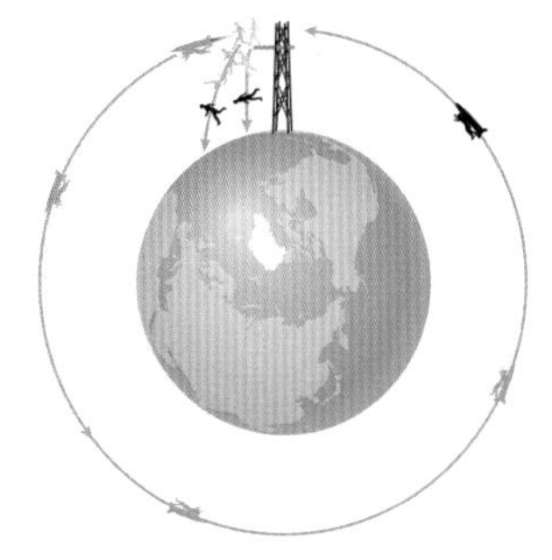

Entrar en órbita significa que avanzas lo suficientemente rápido para que tu velocidad hacia adelante te mantenga siempre sobre el suelo.

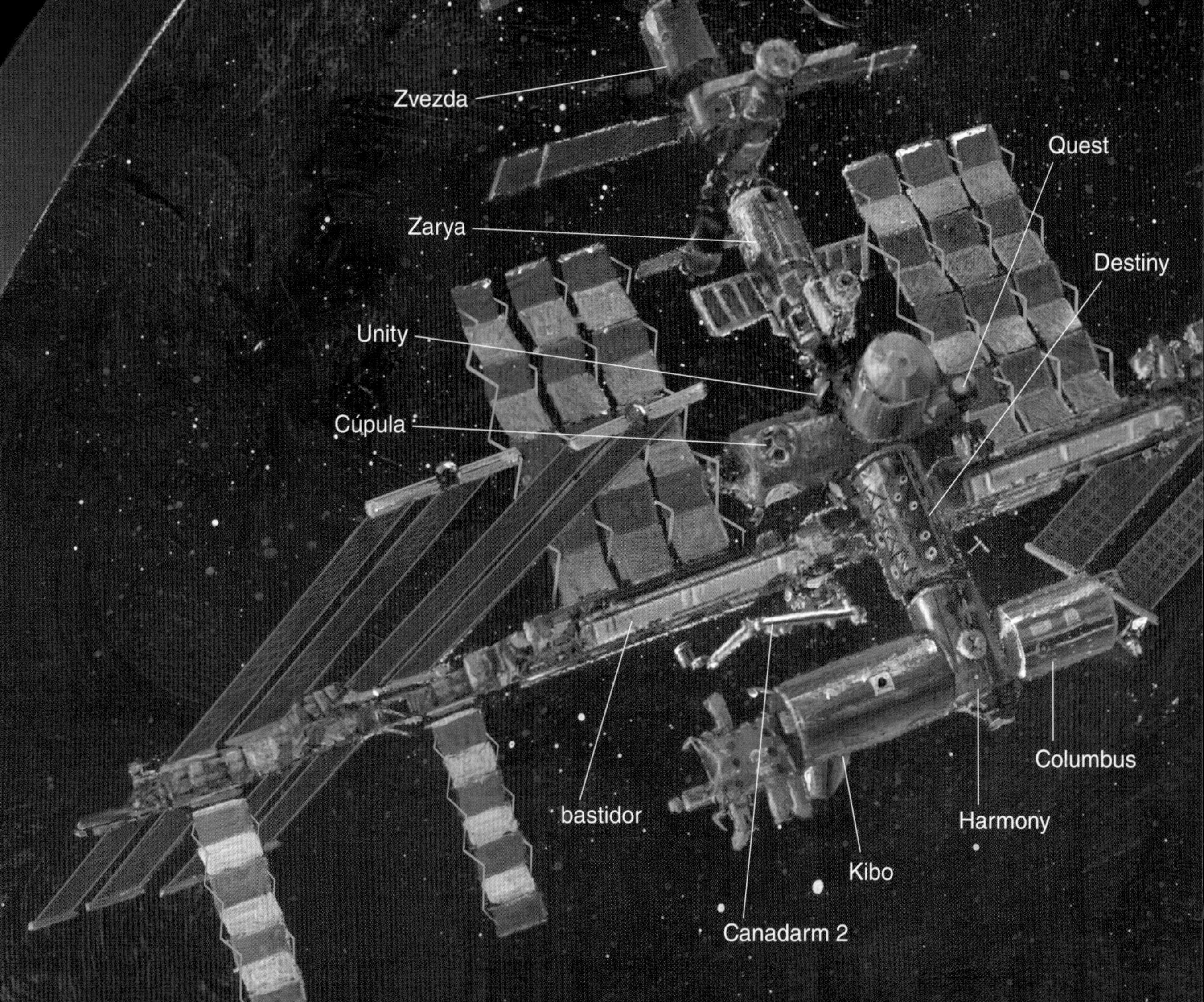

Al ir aproximándose la nave espacial a la Estación, Tori vio una transmisión en vivo que mostraba la vista. —¡Increíble! —dijo—. ¡Es enorme! ¿Qué hacen todas esas partes distintas?

El Comandante Grant indicó varias de las partes mientras respondía. —Los paneles solares brillantes proveen energía —dijo—. Esas secciones cilíndricas son donde vivimos y trabajamos. Los llamamos *módulos* y cada uno de ellos lleva un nombre.

El Comandante Grant guió a la nave espacial para que atracara de manera perfecta en la Estación Espacial. Entonces Max y el Comandante Grant entraron flotando por la compuerta en donde fueron recibidos por los miembros de la tripulación que ya estaban viviendo en la Estación.

paneles solares

radiadores

Familiarizándose con la Estación Espacial Internacional

El dibujo en esta página muestra la Estación Espacial Internacional con letreros que señalan sus partes principales. He aquí un poco de información de lo que hace cada parte.

El **bastidor** es una celosía o enrejado que soporta a todas las partes juntas.
Los **paneles solares** proveen energía.
Los **radiadores** mantienen fresca la temperatura interior.
Zarya fue el primer módulo, usado en la actualidad principalmente para el almacenamiento.
Zvezda contiene las computadoras, la cocina, los dormitorios, un baño y otros componentes vitales para la vida en la Estación.
Quest es la compuerta hermética a través de la cual se entra y se sale a los paseos espaciales.
Unity conecta las secciones rusas y americanas en la Estación Espacial.
Destiny es el laboratorio de los Estados Unidos donde los astronautas hacen experimentos científicos.
Columbus es el laboratorio europeo destinado a experimentos científicos.
Kibo es el laboratorio japonés destinado a experimentos científicos.
Harmony conecta los laboratorios y contiene unas secciones donde se alojan los astronautas.
Canadarm 2 es una "grúa" robótica que se usa para mover equipo y también a los astronautas en el exterior de la Estación.
Cúpula es el cuarto con ventanas que se muestra en la portada de este libro.

Otros componentes importantes no están marcados y otros más se agregarán a la Estación en el futuro.

Al principio, las cosas no funcionaron muy bien. Max, desorientado al no sentir su peso, se revolcaba y molestaba a la tripulación. Cuando Tori vio el video, preguntó —¿Por qué no se siente la gravedad en el espacio? Pensaba que está en todos lados.

—Es cierto —contestó el Comandante Grant—. De hecho la gravedad de la Tierra es la que mantiene a la Estación Espacial en su órbita. Experimentamos la falta de peso, es decir la ingravidez, porque estamos en una situación que se llama *caída libre*, que quiere decir que no sentimos nuestro propio peso.

—Lo que tú llamas peso —continuó— es en realidad la sensación que da la gravedad cuando te hace empujar hacia el suelo. En el espacio, no hay suelo hacia el cual nos empuja la gravedad. Por eso, sentimos como si estuviéramos cayendo libremente y esto hace que no sintamos nuestro propio peso.

¿Por qué los astronautas no sienten la gravedad?

Si preguntas por qué los astronautas no sienten la gravedad en el espacio, mucha gente te trataría de decir que "no hay gravedad en el espacio". Para convencerlos que esto no es cierto, recuérdales que la gravedad es lo que mantiene a la Luna en su órbita alrededor de la Tierra. La Luna está mucho más lejos que la Estación Espacial (¡como 1,000 veces más lejos!), así que, si la gravedad es lo suficientemente fuerte para mantener a la Luna en su órbita, claramente es todavía más fuerte a la altura de la Estación Espacial.

La verdadera razón por la que los astronautas no sienten la gravedad es precisamente lo que el Comandante Grant y Tori nos dijeron: Los astronautas y la Estación Espacial están en "caída libre" y es la caída libre lo que produce la ingravidez. Recuerda (de la página 12) que entrar en órbita significa que te mueves hacia adelante tan rápido como la gravedad te jala hacia abajo, así que los astronautas y la Estación están continuamente "cayendo alrededor" de la Tierra sin nunca tocar el suelo.

De manera más general, los astronautas y las naves espaciales están en estado de ingravidez cada vez que estén viajando en el espacio en una trayectoria determinada únicamente por su velocidad de avance y por la fuerza de gravedad, ya sea la gravedad de la Tierra, la gravedad del Sol, o la gravedad de otros mundos. Adquieren peso únicamente si empujan contra algo, como por ejemplo, su propia nave cuando ésta prenda sus motores o cuando aterrizan en otro mundo.

—¡Un momento! —dijo Tori. —¿Esto quiere decir que puedo no sentir mi propio peso si me lanzo al aire, ya que en el aire no siento el suelo?

—Exactamente —contestó el Comandante Grant—. La única diferencia es que estarías sin sentir tu propio peso sólo por unos instantes hasta que llegaras al suelo, mientras que nosotros nunca sentimos nuestro peso en la Estación Espacial porque nuestra gran velocidad nos mantiene en órbita alrededor de la Tierra.

—¡Ah! —dijo Tori. —Es por eso que pueden revolcarse y retorcerse como los gimnastas y los clavadistas cuando están en el aire. Es como si ustedes y la Estación Espacial estuvieran cayendo juntos, dándole vueltas al mundo. Quiere decir que se sienten ¡como clavadistas que nunca llegan al agua!

CAÍDA LIBRE

EN VIVO DESDE LA EEI

¿Dónde comienza el espacio?

La Estación Espacial Internacional está obviamente en el "espacio" y los aviones obviamente no lo están. ¿Qué tan alto tienes que ir para cambiar de "estar en el aire" a "estar en el espacio"?

Para contestar esta pregunta, piensa qué sucede cuando vas subiendo más y más alto. Si has escalado una montaña, sabes que mientras más subes, hay menos y menos aire. La respiración se hace más y más difícil. También se reduce la presión del aire. Por ejemplo, a las altitudes donde la mayoría de los aviones vuelan, la presión del aire es menos de 20% que al nivel del mar.

El aire va haciéndose más escaso mientras más asciendes, hasta que es imposible respirar y la presión es tan baja que para poder sobrevivir necesitas un traje espacial presurizado o estar en una nave espacial. El cielo se hace más y más oscuro hasta que aparece negro aun de día, porque mientras más vayas subiendo hay menos aire que pueda disipar la luz del Sol en el cielo. Ya que estos cambios son graduales, no hay una definición oficial de dónde empieza el espacio. Aun así, una altura de unos 100 kilómetros se considera comúnmente como "el borde del espacio", ya que ningún avión podría volar tan alto.

Ya para el segundo día, Max se estaba acostumbrando a la ingravidez, y la tripulación empezó a apreciar su personalidad juguetona. En especial les gustaba la hora de la comida, cuando le aventaban comida y grandísimas gotas de agua. En ocasiones, un miembro de la tripulación le daba un empujón a Max para que flotara en la dirección correcta para atrapar lo que le aventaban.

El único problema surgió cuando le trataron de dar a Max un filete especial de carne que su patrocinador había mandado especialmente para él. Él lo atrapó con éxito pero inmediatamente lo soltó y empezó a lloriquear. Preocupado, el Comandante Grant se comunicó con Tori para ver cuál era el problema.

Viviendo en el espacio

La manera en que Max jugaba con la comida ilustra algunas problemas que los astronautas tienen que resolver cuando viven en el espacio. El agua forma gotas que flotan, así que las puedes beber si las atrapas. Pero no dejes que se estrellen contra una pared, porque se fragmentarán en pequeñas gotitas y vas a tener un problema aún mayor. También la comida crea unos desafíos parecidos, ya que las migajas pueden flotar por todos lados.

Cuando hay que ir a dormir, no puedes simplemente acostarte en la cama, porque flotarías. Así que es mejor que te amarres a una pared para que no choques contra algo importante o delicado. Algunos astronautas usan bolsas de dormir y otros tienen camarotes de dormir de tamaño de un closet. Es interesante notar que casi todas las personas duermen con sus brazos hacia delante cuando están en el espacio.

Quizá el desafío más grande de la vida diaria es ir al baño. El inodoro no puede tener agua (ya que ésta flotaría hacia fuera) y no podrías "usar el baño" de manera normal, ya que todo flotaría. Así que, un inodoro espacial usa la succión para deshacerse de los desechos en contenedores especiales y éstos eventualmente se tienen que enviar a la Tierra para su eliminación. Ah, si te estás preguntando cómo Max "fue al baño"... Bueno, ¡te lo vamos a dejar a tu imaginación!

Tori se rió al oír del problema. —Estoy segura que suena absurdo —dijo ella—, pero Max no va a comer el filete a menos que se lo corten en trozos pequeños. Max no se da cuenta de lo grande que es, así que supone que debe comer como un perro pequeño y sensible.

Esa tarde, Tori salió y pudo darle un vistazo a la Estación Espacial mientras que sobrevolaba en el cielo. —Dulces sueños —le dijo suavemente a Max.

Observando a la Estación Espacial

De la misma forma que Tori lo hizo en el cuento, a veces puedes observar a la Estación Espacial Internacional mientras ésta pasa en su órbita por el cielo. Lo único que tienes que hacer es saber qué estás buscando y cuándo lo tienes que buscar.

Empecemos con qué es lo que estás buscando. Aunque la Estación Espacial es bastante grande, acuérdate que para mantener su órbita está a una altura promedio de 350 kilómetros (220 millas) sobre la superficie de la Tierra. A esa altura tus ojos no pueden ver ningún detalle. Cuando la Estación Espacial es visible, se ve como una estrella brillante, excepto que estará cruzando tu cielo lentamente, tardando entre 2 a 5 minutos de horizonte a horizonte.

Con respecto a cuándo debes buscarla, la Estación Espacial brilla al reflejar los rayos del Sol, así que el mejor tiempo para poder verla es un poco después del ocaso o antes del alba, cuando tu cielo está oscuro pero la Estación Espacial todavía no está detrás de la Tierra. Es más, su órbita la lleva a diferentes lugares en tiempos diferentes, así que tendrías que saber exactamente cuándo va a pasar por tu localidad tarde en el día o temprano en la mañana. Puedes encontrar aplicaciones y sitios del Internet que te darán los detalles necesarios.

La llegada de la noche hizo que Tori pensara en otra pregunta para el Comandante Grant. —¿Cómo saben cuándo deben irse a dormir? —preguntó. —Si la Estación Espacial le da la vuelta a la Tierra cada 90 minutos, me parece que tienen 45 minutos de luz de día y 45 minutos de oscuridad ¡en cada órbita!

—Tienes nuevamente razón —dijo el Comandante Grant—. Tenemos días y noches cortísimos. Puede resultar algo raro, pero también quiere decir que tenemos muchos amaneceres y ocasos hermosos. Con respecto a nuestros horarios personales, seguimos usando relojes comunes y siempre estamos pendientes de que cada uno de nosotros duerma lo suficiente.

¿Cómo se mide el tiempo en el espacio?

En la Tierra, sincronizamos nuestros relojes con el Sol. La Tierra completa una rotación cada 24 horas y decimos que la hora es mediodía cuando el Sol está en el cenit — su punto más alto del cielo. (El tiempo exacto del cenit depende en dónde vives dentro de tu huso horario y es más cerca a la 1 p.m. cuando usamos el horario de verano).

Como probablemente sabes, la rotación de la Tierra significa que el mediodía es distinto en diferentes partes del mundo. Por ejemplo, cuando es mediodía para ti, es medianoche en el lado opuesto de la Tierra. Dividimos el mundo en husos horarios para que así todos los relojes muestren el mediodía en una cierta localidad cuando el Sol está en el cenit.

El problema para la Estación Espacial es que, como explica Tori, su gran velocidad hace que le dé una vuelta completa al mundo, tanto la parte que está de día como la que está de noche, como cada hora y media. Así que, ¿cómo sincronizan a los relojes en la Estación? Teóricamente podrían escoger la hora de cualquier localidad en la Tierra, pero, por razones históricas, usan el tiempo de Greenwich en Inglaterra, llamado el "Tiempo Medio de Greenwich", (GMT) o también llamado, "Tiempo Universal Coordinado", (UTC). De hecho, este tiempo se usa alrededor del mundo como referencia general del tiempo. Si buscas tu huso horario en el Internet, encontrarás cuánto dista del tiempo de Greenwich. Por ejemplo, si dice que tu huso horario es "UTC–8", esto significa que tu tiempo es 8 horas después de la hora de Greenwich.

Luego, cuando Tori ya estaba acostada en su cama, pensaba en todo el trabajo que los astronautas hacen en la Estación Espacial. Sabía que los astronautas pasan una gran cantidad de su tiempo haciendo experimentos científicos. Estudian a la Tierra mientras giran en órbita alrededor de ella, hacen experimentos para saber cómo la falta de gravedad afecta a cosas como las células vivas, las plantas y los animales pequeños, el crecimiento de cristales y las reacciones químicas. También hacen investigaciones médicas que seguramente ayudarán a los futuros astronautas en misiones a mundos distantes.

En poco tiempo, Tori se quedó dormida. Esa noche, soñó en ser ella misma un científico y astronauta, haciendo viajes no sólo a la Estación Espacial, sino a la Luna, a Marte, a Júpiter y aún más allá...

Haciendo ciencia en la Estación Espacial

Se puede hacer mucha ciencia en la Estación Espacial que no se puede hacer en la Tierra. Mucho de este trabajo involucra experimentos que estudian los efectos de la ingravidez o de la falta de aire en el espacio. Los científicos en la Tierra diseñan los experimentos y los astronautas los llevan a cabo. La mayor parte de los experimentos se enfocan en una de cuatro áreas de ciencias:

1. La salud humana. Las futuras misiones espaciales, tales como misiones a Marte, van a necesitar que los astronautas vivan en el espacio por largos períodos de tiempo. Por lo tanto, es importante entender cómo la ingravidez y el espacio mismo nos afecta. Así podremos asegurar que los astronautas permanezcan sanos.
2. La ciencia de los materiales. Esto significa que debemos aprender cómo los diferentes materiales reaccionan en el espacio y cómo crecen los cristales cuando flotan sin peso. Este tipo de investigación ya nos ha llevado a desarrollar nuevas técnicas de fabricación que pueden usarse en la Tierra.
3. La biología. Además de entender cómo el espacio y la falta de peso afectan a los humanos, también queremos entender cómo afectan a las plantas y otros organismos vivos. Después de todo, necesitamos plantas para reciclar el aire y para proveer alimento para las misiones espaciales largas. Se encuentran muchas sorpresas en la biología en el espacio que son más difíciles de estudiar cuando está involucrado el efecto del peso.
4. La ciencia de la combustión. Esto significa entender cosas como la combustión de carburantes que nos ayudará a desarrollar los cohetes futuros y sus posibilidades de fabricación.

Tori se levantó animada, porque iba a ser un día muy especial para las ciencias. Los astronautas iban a empezar a realizar, desde la órbita de vuelos espaciales, el próximo conjunto de experimentos propuestos por alumnos—es decir, experimentos diseñados y construidos por ¡alumnos similares a ella! Ella y sus amigos ya estaban pensando en ideas, con la esperanza de que pudieran diseñar un experimento que podría ser seleccionado en el futuro.

Después del desayuno, Tori miró un video transmitido desde la Estación que mostraba a los astronautas en su trabajo.

Experimentos de alumnos en vuelos espaciales

¿Te gustaría diseñar un experimento que se llevará a cabo a bordo de la Estación Espacial Internacional? Esto es realmente posible, gracias al Programa Estudiantil de Experimentos en Vuelos Espaciales (en inglés, Student Spaceflight Experiments Program, SSEP) que organiza el National Center for Earth and Space Science Education.

Si quieres participar, el primer paso es aprender cuáles son los requisitos del programa. Después de todo, este programa trata de hacer ciencia real, así que tendrás que asegurarte que tu experimento satisfaga los requisitos de tamaño, seguridad, materiales, costo y otros. También tendrás que encontrar maneras de involucrar a toda la comunidad de tu escuela o inclusive a todo tu distrito o región educativa.

Si se selecciona tu experimento, lo tendrás que construir en un "mini-laboratorio" especial que lo llevará en un cohete a la Estación Espacial Internacional. Una vez ahí, los astronautas te ayudarán a realizar tu experimento y obtendrás los datos con todos los resultados para que puedas analizarlos y llegar así a tus conclusiones.

¿Por qué no intentarlo? Decenas de miles de alumnos ya han participado en una forma u otra en el Programa Estudiantil de Experimentos en Vuelos Espaciales. Para averiguar cómo puedes unírteles, visita el sitio del programa en el Internet.

Cada experimento estaba almacenado en un "mini-laboratorio" especial. Con mucho cuidado, los astronautas desempacaron los experimentos y comenzaron a instalarlos. Todo parecía que iba muy bien, pero de repente...

Max empezó a ladrar. Ladraba muy fuerte y los astronautas estaban especialmente sorprendidos, porque nunca lo habían oído ladrar. Era claro que algo le molestaba a Max.

El Comandante Grant se acercó a Max. Con una voz preocupada le preguntó —¿Qué pasa, Max?

Estudiando a la Tierra desde el espacio

Podría parecer sorprendente, pero parte de la ciencia más importante que se hace en el espacio es acerca de nuestro propio planeta Tierra. La razón es que el espacio nos da una amplia visión que simplemente no podemos tener desde la superficie de la Tierra.

Puedes darte una idea en las fotografías que se toman desde el espacio. Por ejemplo, podemos ver desde arriba cómo un huracán arremolina a las nubes mucho antes de que el viento y la lluvia lleguen al suelo. De manera más general, la Estación Espacial y otros satélites nos permiten hacer lo que se llama "detección remota" en la que instrumentos especiales dirigidos hacia la Tierra miden temperaturas, velocidades de vientos, corrientes oceánicas y mucho más. Este tipo de medidas nos dan un entendimiento mucho más profundo de cómo funciona nuestro planeta y son importantes en el estudio del impacto de la actividad humana en el calentamiento global.

En fin, la observación de la Tierra desde el espacio podría ser la función más importante del programa espacial. No sólo nos provee con la ciencia que no podríamos obtener de otra manera, sino que nos hace valorar de una manera completamente nueva a nuestro mundo azul.

Esta imagen de la NASA nos muestra al huracán Irene (2011) fotografiado desde el espacio.

Comandante Grant. Entonces, el Comandante Grant notó que Max estaba mirando atentamente en una sola dirección.

Inmediatamente el Comandante Grant entendió cuál era el problema. El sistema de enfriamiento de la Estación Espacial tenía una fuga, que quería decir que un gas tóxico de amoniaco se estaba mezclando con el aire que estaban respirando. Max y el resto de los astronautas morirían si no resolvían rápidamente el problema. Afortunadamente, la tripulación estaba muy bien entrenada y sabía cómo permanecer calmada y enfocada durante las emergencias.

¡Peligro!

Los astronautas esperan que nunca tengan una emergencia en la Estación Espacial Internacional tan seria como la que se describe en nuestro cuento. Sin embargo, hay muchos peligros cuando se vive en el espacio. Para empezar, tienes que asegurarte que tienes suficiente comida, agua y aire. Esto quiere decir que cohetes tienen que ser enviados a la Estación Espacial de manera regular para que lleven estas provisiones. El agua y el aire tienen que ser reciclados lo más posible.

Ya que no hay aire en el exterior, la Estación está presurizada, es decir, tiene aire a presión. Además, utiliza otros sistemas complejos para mantener un ambiente seguro y cómodo. Ya que los aparatos electrónicos y las personas mismas producen mucho calor, la Estación necesita un sistema de enfriamiento que, en el caso de nuestro cuento, fue lo que causó la emergencia. Pero éste es sólo uno de los muchos sistemas que podrían presentar un peligro si tienen fugas o si fallan.

Otro gran peligro es la "basura espacial" —escombros que están en órbita y podrían chocar contra la Estación, causándole daño o produciendo una fuga de aire hacia el espacio. La radiación del Sol también representa un peligro, especialmente durante las "tormentas solares". La Estación tiene áreas especiales en donde los astronautas se pueden proteger en estos casos.

¿Qué sucedería si una emergencia mayor sucediese? Para tal situación, la Estación siempre tiene atracadas cápsulas *Soyuz* rusas, que los astronautas podrían utilizar para regresar a la Tierra en caso de una evacuación de emergencia.

El Comandante Grant determinó de inmediato que la fuga tendría que ser reparada desde afuera. Sus compañeros le ayudaron a prepararse. Pronto estaba ya en su traje espacial y con sus herramientas en las manos. Salió por la compuerta hermética y, usando los pequeños propulsores a chorro de su traje espacial, se acercó al sistema de enfriamiento. Entonces, usando pequeñas manijas que tiene la Estación Espacial en su exterior para sujetarse, inició su trabajo.

A decir verdad, la reparación fue muy difícil. Pero nunca lo hubieras adivinado al oír la calmada voz del Comandante Grant mientras trabajaba. Si en algún momento estuvo alarmado, nunca lo mostró. En poco tiempo, regresó al interior de la Estación, habiendo resuelto el problema.

AEV (Actividad Extra-Vehicular)

Cuando los astronautas salen al espacio en un traje espacial, decimos que salen a dar un "paseo espacial". Sin embargo, ya que obviamente no se puede "andar" en el espacio, sino flotar sin sensación de peso, la expresión formal que se usa es AEV, actividad extra-vehicular.

No es tan fácil trabajar durante una AEV. Los trajes espaciales deben contener todos los sistemas de soporte vital que necesitas cuando estás en el exterior. Así que son más bien unas naves espaciales individuales que simplemente trajes. Esto significa, por ejemplo, que tienes grandes guantes que dificultan el uso de las manos.

También hay retos en moverse. Si te empujaras simplemente de una parte de la Estación, pronto te encontrarías flotando lejos en el espacio. Por esto, los astronautas usan cuerdas que los mantienen unidos a la Estación. Además, existen agarraderas fuera de la Estación para que los astronautas puedan sujetarse de ellas para avanzar. También tienen pequeños motores a chorro que pueden encender para moverse, que son muy importantes por si se desprende la cuerda. En ocasiones, un astronauta se puede montar en uno de los brazos robóticos de la Estación, mientras que un compañero adentro de la Estación dirige el brazo adonde el astronauta quiere ir.

A pesar de los desafíos, los astronautas que han experimentado una AEV dicen que es una de las experiencias más increíbles de sus vidas. Después de todo, están flotando en órbita, fuera de la Estación Espacial, observando la Tierra. No podrías pedir una vista más espectacular.

Una vez que se había cambiado a sus ropas usuales, el Comandante Grant se acercó a Max. —Eres un verdadero héroe, Max —dijo—. Si no hubiera sido por ti, quizá no hubiéramos notado la fuga hasta que hubiera sido demasiado tarde.

Había tiempo para un descanso, así que el Comandante Grant llevó a Max a la Cúpula, el cuarto de la Estación Espacial con la mejor vista. La vista era realmente espectacular y parece haber transformado a cualquiera persona que la haya visto. Después de todo, ésta era la Estación Espacial *Internacional*, donde personas de todas las partes del mundo trabajaban juntas en el espacio. ¿No podríamos imaginarnos a las personas trabajando de la misma manera en el bello planeta azul que se veía abajo?

La vista desde el espacio

Los miembros de la tripulación de la Estación Espacial Internacional realmente tienen una vista espectacular de la Tierra, especialmente cuando la observan desde la Cúpula, el módulo de la Estación donde Max y el Comandante Grant flotan en este dibujo. La Cúpula tiene siete grandes ventanas —una circular en el "techo" y otras seis en los otros lados.

Notarías muchísimas cosas sorprendentes si pudieras, tú mismo, observar desde la Cúpula. Del lado de día, nuestro planeta se ve principalmente azul, ya que la mayor parte de su superficie está cubierta por los océanos que reflejan el color azul del cielo. El suelo muestra una variedad de verdes y cafés, mientras que las nubes aparecen blancas. De noche, puedes ver la clara evidencia de la civilización humana en las luces de nuestras ciudades, así como otras luces de relámpagos y fuegos.

Algo que no verás desde el espacio serán las fronteras que nosotros dibujamos entre las naciones. Es quizá por eso que muchos de los astronautas, cuando regresan a casa, tienen la convicción de que realmente es posible vivir en un mundo en paz.

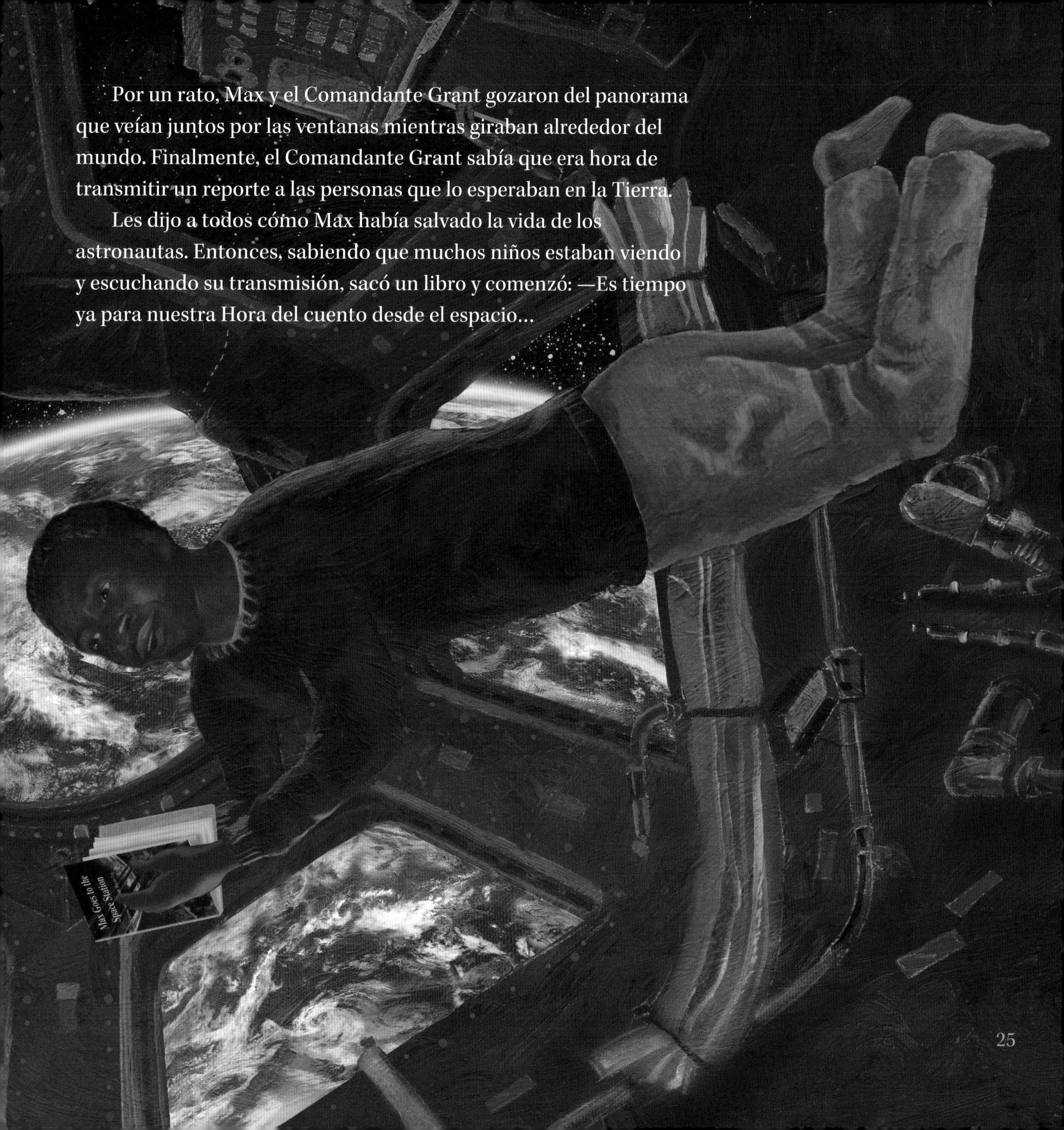

Por un rato, Max y el Comandante Grant gozaron del panorama que veían juntos por las ventanas mientras giraban alrededor del mundo. Finalmente, el Comandante Grant sabía que era hora de transmitir un reporte a las personas que lo esperaban en la Tierra.

Les dijo a todos cómo Max había salvado la vida de los astronautas. Entonces, sabiendo que muchos niños estaban viendo y escuchando su transmisión, sacó un libro y comenzó: —Es tiempo ya para nuestra Hora del cuento desde el espacio...

aun cuando la tripulación seguía trabajando como de costumbre. Después de sólo una semana desde su arribo, había llegado el tiempo para que Max regresara a casa.

La mayoría de los otros astronautas permanecerían a bordo de la Estación Espacial por varios meses, así que todos se reunieron para despedirse de Max. Llegaron a quererlo y varios de ellos sugirieron que sería una buena idea incluir a un perro en futuras misiones espaciales. Finalmente, todos se pusieron en pose para tomarse una última fotografía espacial con Max.

Los astronautas

¿Alguna vez te has preguntado qué significa la palabra *astronauta*? Si la dividimos por la mitad, *astro* viene de la palabra griega que significa "estrella" y *nauta* viene de otra palabra griega que significa "marinero" Así que, literalmente, *astronauta* es un "marinero de las estrellas".

Existen otros nombres para astronautas. Por ejemplo, los rusos llaman a sus astronautas, *cosmonautas*, que significa "marineros del universo". Los astronautas chinos a veces se llaman *taikonautas*, que combina la palabra china para el espacio, *taikong*, con la palabra griega para "marinero".

Si bien únicamente los Estados Unidos, Rusia y China han lanzado a gente al espacio, los astronautas vienen de casi todos los países de Europa y de muchos otros países incluyendo a Canadá, Japón, México, Brasil, Corea del Sur, India, Sudáfrica, Israel, Arabia Saudita, Malasia, Afganistán y más.

Los astronautas tienen una gran variedad de carreras que incluye las de pilotos, doctores, científicos, ingenieros y maestros. Pero no importa de dónde vienen y cuál es su profesión en la Tierra, los astronautas trabajan juntos en el espacio y todos regresan a sus casas y a sus familias con la misma alegría y con las mismas perspectivas nuevas para nuestro planeta hogar. Es una experiencia a la que podrán llegar gradualmente más y más personas. Quizá, algún día, tú también podrás ser un *marinero de las estrellas*.

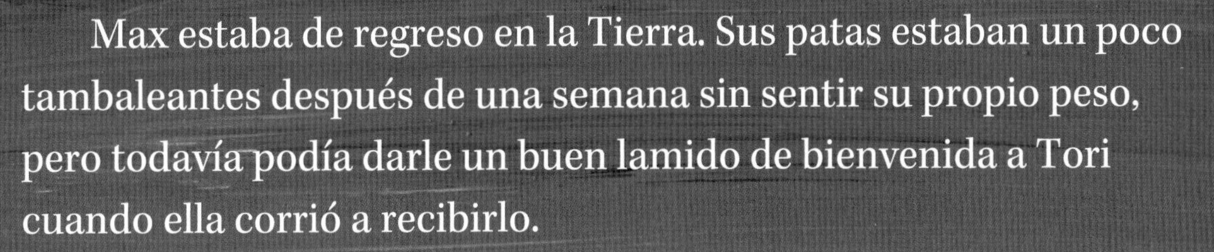

Max estaba de regreso en la Tierra. Sus patas estaban un poco tambaleantes después de una semana sin sentir su propio peso, pero todavía podía darle un buen lamido de bienvenida a Tori cuando ella corrió a recibirlo.

Como se podría haber esperado, el viaje de Max resultó muy exitoso. Se había convertido en héroe, dando honor a los perros en el espacio y se ganó el amor y la admiración no sólo de los astronautas, sino de las personas de todo el mundo. Aún más importante fue que su viaje había inspirado a los niños de todo el mundo a trabajar con más ganas en sus estudios y a soñar en sus propios viajes a la Estación Espacial y aún más lejos.

Habiendo completado el viaje, Max regresó con Tori a casa, donde Tori y sus amigos planearon un gran desfile en honor a Max. Sería un evento espectacular.

Nuestro futuro en el espacio

La Estación Espacial Internacional es un puesto importante en la frontera del espacio. Pero probablemente, su mayor utilidad será la de haber servido como plataforma para alcanzar aún mayores logros. Al demostrar que es posible para los humanos vivir en el espacio por largos períodos de tiempo, está mostrando que ya estamos preparados para regresar a la Luna, viajar a Marte y a continuar aún más allá.

Sin duda, algunas personas se preguntan si vale la pena explorar el espacio o si se justifica su costo. Distintas personas tienen diferentes respuestas a estas preguntas, pero la opinión del equipo que produjo este libro es la siguiente:

Estamos viviendo en un momento decisivo en la historia de la humanidad. Hoy en día, nos estamos enfrentando con muchos problemas globales serios, que incluyen aquellos causados por las guerras y el odio y los que nosotros mismos hemos creado como son la contaminación y el calentamiento global. Nuestro futuro depende de la resolución de estos problemas y tendremos la mejor posibilidad de resolverlos si los niños de todo el mundo tienen la inspiración de soñar, de trabajar duro, de construir un mejor futuro. No existe una mejor fuente de inspiración que la exploración del espacio, que nos recuerda que todo es posible. Si nos lo proponemos y trabajamos juntos, no sólo resolveremos los problemas de hoy, sino que crearemos un futuro que, algún día, llevará a los seres humanos a todo el sistema solar y aún más allá, a las estrellas.

Mientras tanto, alta en el cielo, la Estación Espacial Internacional sigue su giro alrededor de nuestro mundo. No hay rumores en el espacio, así que va girando silenciosamente. Al completar una órbita cada hora y media, nos recuerda que el planeta que compartimos es increíblemente pequeño y que la franja azul delgada de nuestra atmósfera en el horizonte es todo lo que nos protege del ambiente hostil del espacio.

Gracias a Max, ahora mucha más gente comprende lo que todo esto significa. Puede ser que el trabajo en el espacio nos ayude algún día a vivir en otros mundos, pero su valor más grande es cómo nos enseña la importancia de proteger a nuestro propio planeta. Después de todo, no importa qué tan lejos viajemos en el espacio en el futuro, la Tierra siempre será nuestro planeta hogar y si no cuidamos a nuestro propio hogar, nadie más lo hará por nosotros.

Actividades sugeridas

Biografía de un astronauta (Grados 1 a 4)
¿Has pensado en ser un astronauta? Han habido cientos de astronautas y cosmonautas en el espacio y algunos de ellos seguramente eran muy similares a ti cuando eran pequeños.

- En el Internet busca fotografías de los astronautas y busca uno que quizá se haya parecido a ti cuando era joven.
- Escribe una corta biografía de tu astronauta. Asegúrate de averiguar qué estudió en la escuela y qué trabajos hizo antes de que llegara a ser astronauta.
- Presenta oralmente tu biografía a miembros de tu familia, a amigos o en la escuela. Asegúrate que hayas aprendido lo suficiente del astronauta para poder contestar las preguntas que quizá no incluiste en tu biografía escrita.

Construye una Estación Espacial (Grados 3 a 8)
Crea tu propia Estación Espacial que construirás en tres dimensiones.

- Visita el sitio de la NASA en el Internet y aprende más acerca de la Estación Espacial Internacional y todos sus componentes. Después, haz una lista de los componentes esenciales que quisieras que tuviera tu Estación Espacial. Incluye una breve descripción del propósito de cada uno de los componentes en tu lista.
- Dibuja un bosquejo que muestre cómo se verá tu Estación Espacial ya ensamblada. Prepara un plan para hacer un modelo tridimensional de tu Estación.
- Construye tu modelo y muéstraselo a tus amigos, familiares y maestros mientras les explicas cómo funciona tu Estación. ¡No te olvides de ponerle un nombre a tu Estación!

Escribe tu propia aventura de ciencias del perro Max (Grados 3 a 8)
Max ya ha viajado a la Estación Espacial, a la Luna, a Marte y a Júpiter en la serie de libros de Big Kid Science. ¿Adónde quisieras *tú* mandar a Max la próxima vez? Escoge un destino y escribe e ilustra un cuento de aventuras para Max.

- Tu cuento debe ser emocionante y debe incluir una oportunidad para que Max resulte un héroe, pero recuerda que Max es un perro real y no puede hablar.
- Asegúrate que tu cuento incluya algún tema real de ciencias. Podrías, inclusive, incluir tus propios "Big Kid Boxes" o una pregunta y respuesta en cada página que enseña algo de ciencia.
- En salones de clase, escuelas y en distritos escolares podrían considerar el patrocinar un concurso de escritura de las aventuras de ciencias del perro Max. Algunos lugares ya lo han hecho y el ganador de un distrito fue publicado como un libro de Big Kid Science (El libro se titula *Max's Ice Age Adventure* y fue escrito por Logan Weinman, que cursaba el tercer grado cuando lo escribió).

Observaciones de la Tierra (Grados 5 a 8)
Como se mencionó en el libro, una de las funciones científicas más importantes de la Estación Espacial es la de estudiar a la Tierra. Muchos otros satélites artificiales en órbita también estudian a la Tierra.

- Consulta el Internet para averiguar qué tipo de cosas acerca de la Tierra estamos aprendiendo al observarla desde el espacio. Escoge entonces un tema de observación e investígalo más profundamente. Algunos ejemplos podrían ser el estudiar tormentas desde el espacio, medir las corrientes oceánicas desde el espacio o estudiar el calentamiento global desde el espacio. Hay muchas otras posibilidades.
- Una vez que hayas escogido el tipo de observación, encuentra al menos 10 imágenes de la Tierra desde el espacio que se relacionen con este tipo de observación. Agrupa tus imágenes en un cuaderno especial e incluye también una descripción de cada imagen.
- Agrega una introducción a tu cuaderno que explique el tipo de observación que has estudiado, por qué es importante y cómo nos ha ayudado a aprender algo acerca de la Tierra.

Haciendo ciencia en un ascensor (Grados 6 a 8)

Si puedes encontrar un edificio alto que tenga un ascensor veloz, puedes explorar la forma en que el peso cambia bajo diferentes condiciones al meter al ascensor una báscula común de baño. Vas a tener que subir y bajar varias veces, así que prepárate para cuando la gente que entre al ascensor te vea un poco peculiar. Nota: Este experimento funciona mejor si puedes subir o bajar varios pisos en el ascensor a la vez sin detenerte.

- Sube y baja en el ascensor varias veces. Debes notar seis etapas distintas durante su movimiento:
  1. Cuando empieza a subir, el ascensor acelera, aumentando gradualmente su velocidad de ascenso.
  2. Pronto el ascensor adquiere una velocidad constante de ascenso.
  3. Cuando está por llegar a su destino (el piso en el que se detendrá) el ascensor reducirá su movimiento hasta detenerse.
  4. Cuando empieces a descender, el ascensor acelerará hacia abajo, moviéndose cada vez más rápido hasta que llegue a una velocidad constante de descenso.
  5. El ascensor mantendrá una velocidad constante de descenso por un tiempo.
  6. Cuando está por llegar a su destino (el piso en el que se detendrá) el ascensor reducirá su velocidad y se parará.
- Una vez que puedas sentir las varias etapas, usa la báscula para ver qué le sucede a tu peso. ¿En cuáles etapas muestra la báscula un peso mayor a tu peso normal? ¿En cuáles etapas muestra un peso menor? ¿En cuáles etapas muestra tu peso normal? (Una pista: De las seis etapas, vas a encontrar que tu peso parece ser más pesado en dos, más ligero en otras dos y tu peso normal en otras dos).
- Basándote en lo que aprendiste, discute qué pasaría si el cable del ascensor se rompiera. ¿Qué mostraría la báscula en este caso? ¿Cómo demuestra esto que la caída libre te hace sentir como los astronautas cuando no sienten su propio peso?

Actividades adicionales

Esperamos desarrollar muchas otras actividades para el salón de clase que acompañen a éste y a los otros libros de la serie Las aventuras de ciencias del perro Max. Puedes encontrar noticias sobre estas actividades y otros recursos para la educación en el sito de Internet:

www.BigKidScience.com

La hora del cuento desde el espacio

¿Estás listo para un programa apasionante que combina la lectura, la ciencia y las matemáticas? Si es así, *La hora del cuento desde el espacio* es para ti.

Concebido por la asesora educativa Patricia Tribe y el astronauta Alvin Drew, el programa *La hora del cuento desde el espacio* se inició cuando el Astronauta Drew leyó *Max viaja a la Luna* desde la órbita durante el STS-133, la misión final del trasbordador espacial Discovery. Puedes ver el video en el sitio de Internet www.BigKidScience.com/max_in_space. Patricia Tribe y Alvin Drew hicieron sociedad con el Centro para el Avance de la Ciencia en el Espacio (Center for the Advancement of Science in Space, CASIS) para expandir el programa con lecturas desde la órbita de la Estación Espacial Internacional. Este libro, *Max viaja a la Estación Espacial*, apareció justo cuando ellos decidieron que sería la elección perfecta para ser leído desde la Estación Espacial Internacional. Le propusieron al autor la idea y el hecho de que estás leyendo el libro demuestra que él accedió a escribirlo.

Por supuesto que *La hora del cuento desde el espacio* tiene la intención de ser mucho más que una serie de lecturas. Algunas de las metas del programa incluyen:

- Involucrar la imaginación de los niños e interesarlos en las exploraciones espaciales, en conceptos de las ciencias y matemáticas y también en literatura.
- Crear una variedad de materiales basados en el entusiasmo de los niños por *La hora del cuento desde el espacio*, incluyendo programas de planetario (un programa basado en *Max viaje a la Luna* ya existe) y programas de televisión y de educación en línea.
- Proveer a los educadores con planes de estudio y materiales de apoyo para poder integrar selecciones de *La hora del cuento desde el espacio* en el currículo educativo, de acuerdo con estándares educativos actuales en las matemáticas, la ciencia y la literatura.
- Ofrecer un acceso amplio, internacional y económico a videos y material de apoyo de *La hora del cuento desde el espacio.*

Puedes aprender más de *La hora del cuento desde el espacio* visitando el sitio de Internet **www.StoryTimeFromSpace.com**